歌集

ふくろう

大島史洋

短歌研究社

目次

ふくろう

I

Ⅱ

Ⅲ

装幀　倉本　修

ふくろう

I

正座する人

一面に稲田広がるなかを行く白きトラックにまっすぐの道

寂しさの根源として縁側の日なたに出でて正座する人

いつまでやかく在るらむと思うとき大切にせよ沙羅の夕べを

落雷に水道濁るとマイクにて声は響けり夜更けの町に

ジャッカルが獲物をねらう陰険な目と聞き吾は如何にかもせむ

死刑執行されし三人吾よりも若くその罪はすでに覚えず

手術後は髪黒く生えぬ妻なれば電車にて席を譲らるるとぞ

遅く帰り厨で食事を作りいる娘に妻は声かけており

沖の喧嘩は沖で終わりと言い伝え父母《ととかか》海女漁の老夫婦の笑み

雨やみて松の木末の蜘蛛の巣に点々と見ゆ白き露の玉

見る心

花見川沿いのサイクリングコース自転車が次々と行き華やぎて見ゆ

路面には「とびだし注意」の白き文字ぐんぐん迫りその上を行く

伝え得ぬ遂の心を思うなり満蒙開拓団「最後の帰郷者」の目

美しき棚田を故郷の景として満蒙に行きし家族五人の目

六十年過ぎて会いたる父と娘、目を合わすなき日本人ふたり

満蒙へ行くとこぞりし人の夢、寡黙に言いて棚田の緑

テレビにて満蒙開拓団のその後のこと見るたびに思う葉山嘉樹を

半島の南端の駅に息絶えし葉山嘉樹、すがる娘の目

わたくしの嘆きを君は人の世の常と言いしが、違う。迫る目

まっすぐにバックしてくる自動車のテールランプのような迫力

氷の花

訴えたい何かがあるから歌を書くこんな言葉も身に沁みるもの

晩年は入退院の日々なりしと短き記録は読みあげられつ

一日の調子は朝の大根をおろしてわかると父は言いしが

母のため灯籠を立てしと聞きたればそれを墓まで見にゆかむとす

本を手に眠りていたる父を見て障子を閉めて部屋に戻りぬ

遠くにて聞こゆる大きなテレビの音　今か消えむと待ちいて消えつ

トランプの占い二つを繰り返す父寝ねしのち居間に残りて

救いなき孤独かさあれ紅葉の山に囲まれ晩年はあり

打ち解けることのなかりし交わりと読みつつ遂に人はひとりぞ

オランダを流れる広きライン川豊頰映ゆるを画面に見たり

シーボルトが植えし公孫樹は高々とライデン大学の庭にそびゆる

若きうちは苦しみながら泥を吐け老いづきて吐くは醜きことぞ

本当のことは日記に書かないと詭弁もここまで言える世の中

落ち込みし心はとことん眠るとぞかの日の林大先生のことば

珍しや福袋など買わざりし妻が買い来ぬ還暦の記念に

メールにて帰省のときを繰り返し問いくる兄よ父との日々に

雪の山屏風をなせる三回忌母に繋がる四世代なり

兄と来て墓に凍れる花を抜くきららなす襞　氷の花の

嘘くさきコマーシャルなり笑顔にて少女が父の肩を揉むなど

末の子は抓む力の弱かりしとなんのはずみか妻の言いたる

夜は更けてメールに兄の言葉あり　君は暢気でいいなあ、と

クスノキの丸きふくらみその下に立ちて見あげてほのぼのとする

八方の厄を除くと千葉神社袴の緑すがすがしけれ

九十六過ぎて陰口言われおり存在自体がストレスになる、と

老いの歌の定義などどうでもよしと思いつつ少し読む

穏やかになりたる父を伝えきて三年が過ぎぬ兄の帰郷は

時おりに部屋のいずこかきしむ音するどく響き夜は更けわたる

法事にて会いし従弟が言いたりき遺産管理に過ぎし一生《ひとよ》と

人生の終わりを徐々に知らしめていよいよ長き晩年がくる

時は過ぎぬ

ハイエナになすすべもなきチーターとテレビに見つつ立ちあがりたり

デパートの神社に来たり立て札の由緒書きこそものものしけれ

知るところ一つとなけれど茂吉ゆえ親しみて行く三筋町界隈

若くして癌に逝きたる人の手記いただきたれば折々に読む

言いようのなき不安に襲われて酒を飲むとぞ人ごとならず

親鳥の飛び去りしのち残りいし雛も巣立つとミズナギドリは

高校生体育館に集いたる六〇年安保の五十年後のいま

宇宙より届く日本語のメッセージそれを支える財のいくばく

みずからを今までにない人と言い朝青龍のがんじがらめの涙

なつかしき比喩に会いたり魂のヒンターランド　これも借り物

夕刊に知りし玉置宏の死　失脚ののちの人生

全盛期の玉置宏を知るゆえにそののちの彼を吾は思うも

心臓に毛が生えていると言いたるはいかなる人の喩えにありしか

テレビ司会者玉置宏の死とあれど長き歳月に知る人は少なし

誰も言わぬ玉置宏の失脚を吾は思えど時は過ぎたり

過激なる糾弾のとき凡庸な子羊として彼はありたり

死の際に思い出でてぞあるらむか眼前を飛ぶ灰皿いくつ

ルイ・マルの「恋人たち」に流れいしブラームスの曲　時は過ぎぬ

百三十余年の歴史を終えんとし霧笛は響く長崎に根室に

わが娘深夜の厨に納豆を立ちて食いいきたのもしきかな

時空を越えて

四、五冊の本を読み次ぐ日々にして読む楽しみは書くに優るも

書くことを慰藉とする人読むことはいくらか嫉妬に繋がるものか

しばし目をとめて見ている吾よりも三百年前の芭蕉の生年

九十まで生きし北斎を支えたる娘の生涯その絵の凄さ

生前は一枚しか絵の売れざりしゴッホと聞きつつ茫たり吾は

遠近法陰影法と研究を進めし北斎とその娘

なつかしき人にまみゆる心地せり与謝野夫妻の頃の喫煙

自が父を高慢にして強情、かつ意地悪と書く若き子規

子規庵の蕪村忌の写真四十余人　名前のわからぬ三十人余

口中の血を吐きながら海岸を歩み来る男　新海《にいのみ》非風

招かざるすすきと子規に呼びかける帰国直前の漱石の句

漱石と東洋城の交わりをほのぼのと読む吾になきもの

大患後の漱石の句にあふれいる生への喜び身に沁みるなり

胃の弱き漱石なれば焼酎は毒のごとくに在りしや否や

明治の世の黒岩涙香なる男あるとき吾は嫉妬したりき

団結を許さぬ宗教政策のその後の日本に根付きたるもの

酷薄な描写の実は敗戦後一時期のリアリズムなりしよ

人間はかくまでむごくなり得ると見せられて来し聞かされて来し

人生の夕映えのとき　そののちの別離を言いし遠藤周作

どろどろの異界の己を噴出しくらくらと立つ中上健次

綿飴を初めて食べし健吉の言葉は残る安見子さんの文に

訥々と語る吉本隆明の背後に見たり虚子の掛け軸

背中丸く腰の曲がりし隆明とその後ろをゆく白き猫

吾は思う指示表出の究極に込められている自己表出を

生面の人は学帽かぶりいき虚子が伝える柳田國男

アメリカの弁護士たちは笑うらむ樽俎折衝の民族と文化を

骨太の人生などとあこがれて貶めるなかれ己れの性を

若死にの負けを言いたる虚子のことば碧梧桐の先に子規を見据えて

生き抜きて得たる自信はみずからを横綱の土俵にたぐえし

雲仙の小さきアスパラ手にとりて遥かなり傷心の茂吉

林檎

豊かなる心をもてとオーボエの曲は流れぬ深夜の部屋に

画面にはロストロポーヴィチそのあとに若き小澤征爾が続く

新しき交流などはもはや無き齢とあるをしばらく見つむ

すばらしき若葉の季節　公園に見知らぬ人と並びて座る

絶望を触媒とする、そのような物言いに一つ時代が添って

武力を不可欠とする思い　冷戦の時代を生きて来しかば

宇宙より帰還してすぐ丸齧りする林檎　アメリカの林檎

スイスにて

飛行機雲細きも太きもさまざまに交差して見ゆスイスの空は

七月のスイスまことに忙しくフランス人が出稼ぎに来るとぞ

ベランダに花を咲かせて家はつづく虫除けのためと聞けど美し

誇り高きジュネーブ人は折々に嫌われいると聞くも旅の日

サン・ピエール大聖堂に残りいるカルヴァンの椅子まこと小さし

見境なく手を付けたるとカルヴァンの素行を言えり案内人は

久々に聞く言葉なり免罪符比喩にはあらぬ源の国

あけぼのの魔弾の射手をひとり聞くこの喜びのひとときをこそ

雪深き国にて水は乏しとぞ森林限界線なる言葉も知りぬ

岩肌は森林限界線の上にあり　延々とつづく岩肌見あぐ

崖の上の集落よくぞと思うまで光を求めて山岳の国

ひしひしと森林限界線　水豊かなる日本に聞くことはなし

ドイツ語圏フランス語圏と住み分けて仲の悪きも古き縁ぞ

トンネルを氷河の下に通したる観光の国その見事さよ

アイガーをくだり流るる霧のなか氷河の跡の岩の皺見ゆ

雷雨過ぎなびく花野はたちまちに光の雫ふりそそぐなか

ローヌ川ここに始まる氷河にて白濁はげしき噴出のさま

氷河より流るる水の乳色のはげしき滾ち眼前にあり

氷河より解けくる水のさながらに湯気のごときを噴きて流るる

レマン湖を見おろす斜面に幾世代葡萄を実らせ花園もあり

レマン湖に入りゆく青きローヌ川氷河の濁り消えて幾日

ローヌ川そそぎ入りたるレマン湖を出でて再びローヌ川と呼ぶ

車窓より遥かに見ゆる氷河なりそのなかに盛り上がる緑うれしも

橋桁の落書き日本のそれに似て巨大なるローマ字何を意味する

フランスに入りて落書き異様なるもじゃもじゃとなり壁は続けり

フランスの高速道は路面にも落書きのありにょろにょろと続く

若き日の思い出ひとつモンブランを喜び詠いし宮岡昇

九時過ぎていまだ明るきシャモニーの町に轟く濁流の音

山深くたぎつ流れのはげしさに氷河の行方をまざまざと知る

Ⅱ

人を訪ねて

十数年大坂城より出でざりし体軀巨漢の豊臣秀頼

十八の秀頼間近く牛を見て呼吸はげしく驚きたりと

秀吉の没せし歳の感動を茂吉と共にする術はなし

寝ね際に思いは浮かぶモーツアルトを知りいしや否や子規は

うれしけれ幼児のように湧く思い左千夫の声を躱して吾は

長生きを憎むにあらね吾は思う濃くて短き明治の交流

二度の死を墓石の裏に記したる乃木希典と聞きその墓の前

規格外愛国者荷風とは春夫の言　いつまでの世を耐え得るや否や

かくまでに茂吉の跡を訪ねゆく茂太氏の文は恋情に似る

親としての茂吉の公私を語るとき茂太の公もいくらかは見ゆ

重箱の隅をつつくもさまざまにてその楽しさを吾は知りたる

塩尻まで

全線を各駅停車に楽しまむされど高尾までは特快でゆく

日野過ぎて右の車窓に富士山の見ゆる場面は楽しみの一つ

相模湖の次は藤野かこの地なる斎藤佐知子の連想少し

顎出して目を閉じる猫　子ら三人《みたり》背を撫で尾を撫で頭を撫でる

昨夜見し埋蔵金を探す夢活き活きとありし我が家の猫は

藤野駅のホームの端に墓は見え幾人か供花《くげ》をたむけるところ

乗り降りの人はなけれど曼珠沙華一面に咲けり鳥沢の駅

良き地名残りいるなり棚田には稲架《はさ》のならびて初狩笹子

ぱっと明るき勝沼ぶどう郷駅向こうより特急が近づいてくる

傾きて特急あずさは擦れ違う岡井隆の特急あずさ

高尾より眠りつづけし女学生石和温泉駅にてすっと立ちぬ

甲府駅ホームにジュースの自販機を見ておりしとき声かけられつ

せかせかとキオスクに値段を問いていし自己中の男は先程のわれ

車両ドア締まりしときにつと伸びし鳩の首見ゆホームの端に

新府駅脇の「売地」の看板はいつ立てられしものか木に覆われて

小淵沢小学校の生徒らの板絵を見つつ向かうトイレに

小淵沢駅のトイレに揺れやまぬ体をのせてしばし瞑目

小淵沢駅は高齢化社会の敵ならむ小海線への階段いくつ

無人駅しだいに多くなるを知り山梨県より長野に入りつ

わが眼鏡いまか落ちんとするまでに危うしローカル線の愉楽

おのずから赤彦のこと思われて富士見近づく穂すすきのなか

人情のこまやかなりし世を恋えど変わらぬ吾やそこに在るらむ

遠く低く諏訪湖は見えてしばらくは車中にぎやか入れ替わる人

小学生言葉遊びを繰り返しジャンケンポン！は楽しき仲間

塩尻市地域振興バスに乗り桔梗ヶ原を一回りして来ぬ

桔梗ヶ原は葡萄の棚の続くところ老人ホームあり病院もあり

丹《に》の花を森の奥処に思えども桔梗ヶ原は葡萄の季節

亡き友を悲しみて書く夜はありき桔梗ヶ原の島木赤彦

二人してハレー彗星見守りぬ牛屋《うしや》の背戸の木立の中に

『去りがてし森』を思えど二年《ふたとせ》の逢瀬をしのぶ何ものもなし

弔歌

＊金井秋彦　二〇〇九年二月十六日逝去、八十五歳

事務室の暗きに遺体は置かれいて取り次ぎし人もの言わずけり

ストレッチャーの上の遺体を横に見て傍らの椅子にてお茶を飲みぬ

使われぬ祭壇は見え控え室の床に金井秋彦の柩はありぬ

葬儀社の男がふたり持ち上げて金井秋彦を柩に入れぬ

歌の仲間十数人と見つめたり柩に入れられる金井秋彦を

かくまでに寂しき葬儀のあるものか死を荘厳する何もののもなし

神父来て柩の前にて聖書を読むその十数分が葬式なりし

葬儀屋は商売なれば最低のランクの死者には敬礼などせぬ

「未来」にて金井秋彦に会いしこと苦しき彼を戒めとして

最後まで愛せし人ら集うなか身から出た錆と言う声はする

山田さんを悪く言う人さもあらむ幸せなりしよ山田はま子は

山田はま子の膨大な日記と聞きしとき何か立ちのぼる気配がありぬ

若きより歌をはじめて晩年の苦を知るまでに永らえしとぞ

＊石田比呂志　二〇一一年二月二十四日逝去、八十歳

豚足を見ていて上野の或る夜の石田比呂志を思い出したり

小倉にて会いたるときに手土産の菓子折ひょいと吾にくれにき

スーパーに妻と来たりて今宵はも石田比呂志の通夜と思えり

喪主の名は阿木津英なり阿木津をば自分の作品と言いし男よ

クスノキの風に揉まるる躍動を比呂志の無念にたぐえていたり

ひそかにも知る人は知る彼の歌の俗なる部分　とがむべからず

この人も師を間違えしと思えども棺を蓋えば何事もなし

ひとり来て石田比呂志を思うなり花の終わりの梅林公園

誰しもがひそかに思いいしことを知らざりしならむか人は悲しも

人のみにあらずおのれの上にても常にありたり今に思えば

石田比呂志亡きを思えば九州はやさしき傘とさしかけられつ

ストレスのなき肥育とぞ黒豚の足がケースに飾られている

届きたる「牙」三月号の表紙裏直にして朴なる死の知らせ

なまぐさき交流なども若き日の一つ時代の空気でありし

石田比呂志亡きか亡きなり在り難き異端の一人わが青春の

金井石田いくらか似たる境遇にまったく違う生き方をせし

晩年の生きねばならぬ歳月をかくあるべしと言うにあらねど
長命とは生き残ること目の当たり見せしめている父の姿は

人の死の続くはこれも世の常にて離合集散の遂のかたちや

花川戸

名ばかりに親しき街の花川戸宮地伸一氏葬儀後の歩み

花川戸の親分なんぞという人が子分を連れて出てきそうな路地

長すぎる歌のしっぽを切らむとし未練がましき舌頭のある

旧仮名の魅力まさしくさもあらんいま言われても困るのだ僕は

うつぶせにまたあおむけに寝てすごす掩体壕のごときわが部屋

らっきょうを思えば砂丘のらっきょうの影ながかりき夕陽の中に

厨に立つ苦楽は吾にわからねどこの人の歌は吾を泣かしむ

吾のまだ知らざるものの一つにて酸素ボンベに眠りゆく体

「六十を越えた老翁」となんのこだわりもなく書けり茂吉は

夏は来ぬ　人家に迫り盛り上がる公園の楠いささか心配

いつの日ならむ

昼寝する父と題して兄よりの写真がとどく夜半のメールに

退院しいよいよ元気となりし父その因業を兄は伝えて

感傷のどこにリアルを感じるか橋をへだてて遠い二人だ

サルスベリ高く咲きいる保育所の小暗き部屋よ声はすれども

霧晴れて明るくなりし山々の緑うれしも帰り来たりぬ

中山道中津川宿の招き猫太鼓とともに迎えてくれつ

朝早き雷雨の目覚めかかるとき昔は何を思いていたる

楽しみの少ない山の子と書きし宮口しづえ木曾山中の生

兄の部屋の柱を拭けばどす黒きまでに煙草のヤニは付きおり

炬燵の脚解体しつつこの脚を再び組まんいつの日のこと

夏草のなかに半身見えていて九十八を迎えんとする父

墓の草兄と刈りつつ遠くより見ているだけの父となりたり

人の家の墓誌を見つめてしばらくは裏にまわって覗きこむ父

寄り添って支えるために立っているもやしのような僕ではあるが

いつよりか歌を作らぬ父にして脳のどこかが切れたる如し

所在なきふるさとの夜　唐突に蟬鳴きて網戸にぶちあたる

さびしさがさびしさを消す蟬声のいつの日ならむ吾に降るとき

問うべきか否か迷えば新聞を静かにさげて目をあげる父

小悪魔の仕業と言いてなだめおりなお衰えぬ神経なれば

クスノキの緑の下を野球少年ついでノースリーブのお母さんが行く

天降るべき何の願いぞ家を出でて二時間ほどを歩み来たりぬ

齢《とし》なれば用心せよと人並みに帽子をかぶりびしょぬれの髪

木々の間を滑空してくる鴉あり蟬鳴きやまぬ午後を来たれば

燗酒を飲みつつ聞けば大根の煮付けの味なり山鳩の声

さんざんにひねくりまわし意味不明の歌となりしが舌頭にあり

ニコチンを含有したる心霊の話羨しも河童忌過ぎて

死後もなお名声を欲る河童にて心霊なれど人間臭き

芥川もベートーベンも座浴せり　腰湯をつかいし閨秀は知らず

黒き影

語の意味を考え調べ　わからねば疲れ果ててぞ夢より覚めぬ

いくたびも見る夢にして活き活きと苦しみており言葉一つに

狭きゆえ濃き楽しみもあるべきかキッチュなことをなお思うなり

黒人の男《お》の子手に手に下《くだ》り来る曼珠沙華の花いつの日のこと

追悼を受けつつ笑顔の写真あり無力であれば笑むのみにして

さまざまに鳴き分けている声を聞く木立の上の鴉の群れに

公園にトウモロコシを食う人のつかのまの幸吹き渡る風

どこまでもこの世の人であるからに「死が見えねば生も見えぬ」、と

蟬の声盛りを過ぎしと思うとき沁み入るごとく静かに鳴けり

葉の影の丸《まろ》きも細きも楽しけれ繁みとなればただ黒き影

Ⅲ

鳥たちとの日々

椋鳥が羽ばたきながら争うはゲームの如し見つつ楽しむ

朝顔の蔓は窓辺に伸びおれどまだ蕾なし梅雨明けもまだ

高校へのお礼参りという仕事いまもあらんかかつてわがせし

あれはいつ蝶を採らんと尾根を行き蝶ひるがえる雲の輝き

竹垣をくぐりヒガラの飛びゆくを朝の歩みに見たるよろこび

由比ガ浜の朝を歩めば浜辺には犬と鴉がなじみのごとし

ねえお父さんねえお父さんと呼ぶ声は息子一家の朝のひととき

鎌倉は雪ノ下通り木の間より輪を描く鳶を見て歩むなり

営業をやめたるのちも看板の残れる前をしばしば通る

かつて夜は自ずからなる一人にてケイタイはなしパソコンもなし

願わくば何にも未練なく生きて楽しくあれと言えるおかしさ

藤棚にかわりてキウイの棚となり吾は来たりぬキウイ咲く下

華麗なりしイボンヌ・ロリオ　死の前の三年の昏睡を伝えて

梟の腹より紙片を取り出せばかの日の思い出いきいきとして
すまぬすまぬと埃まみれの梟を拭いているなり酔いの気まぐれ

見栄坊は底が浅いか、昔より太宰治は苦手でありし

民族間対立と呼ぶ闘争の全地球上に広がりつつあり

民族の利己主義かたちは見えねども個人の利害は眼前にあり

今日読むは結婚式の自爆テロ四十余人の死者と伝えて

複雑な対立を言い困難を言うばかり、当事者の知らぬところで

ロシア政府の介入を願うとぞ、介入は拒むものにてありしが

街の名を消せとナチスに破壊されぬポーランドの首都ワルシャワは

飢餓室の二週間に耐えフェノールを注射されしとコルベ神父は

おのずから貶めてゆくなりゆきをさびしむこころ老いというもの

年老いておのれの世界にこもりつつ激しく水面を打つ尾鰭

家ごとに屋根のかたちの影伸びてお伽の国の路地と思えや

裸にて水遊びする子らの見ゆ川にはあらね路地のプールに

なめくじの動きだす夜を吾は待つ花芽をつけし風蘭のため

ヒタキとクチボソ

いくたびをこれが最後と思いしか九十八の父と墓に立つ

半年を歌を作らず過ぎし父明るくなりしと人に言われて

ふるさとの朝の空なり一筋の飛行機雲は山並みの上

紅葉の美しさなど知らざりき少年の日の陣地たりし木

池に来るヒタキを父と待ちている朝のひととき音なき世界

クチボソは群れなし泳ぎ彼らとも長きえにしぞふるさとの池

会うたびに兄の心を推しはかるわが知らぬ日を父と暮らせば

さはされど想定外の九十八その年金が兄を支えて

たまに来る勧誘電話を切るときのにべ無さなども性格のうち

生協の仏花を見るにふるさとの兄が買いしはいささか高し

ハレルヤ

静かなる夜半に思えり出張より帰りてマンゴーを食べいし娘

何ひとつ明日は覚えぬ読書なり知りつつ今の充実がある

よしやってやろうじゃないの任せなと何のせいでか言ってしまった

スナップはしょせんスナップにすぎざれど思うなかれそれ以上のことは
つまようじ木でなきからにいくたびも洗われてなお卓上にあり

瑣末なる歌にその世が映るとぞかく言いて何を言い得しならむ

武装せしことなどなきに武装解除と言えばなにやら不安でならぬ

運転士も車掌もともに女性なり新幹線の発車を待てば

この一年ジパング倶楽部のスタンプは十を越えたり父を見舞いて

空席の目立つのぞみを見送りてひかり号に並ぶ幾たびのことぞ

いつの日や図鑑に調べしレンズ雲品川過ぎて車窓に浮かぶ

気がつけば中央線のアナウンスも女性の声なり聞きつつ急ぐ

ハレルヤを合唱部にてうたいたり聖書を知らぬ高校生なりし

西洋の神の祀りは千人を屠り万人を殺せと囃す

幾たびを読めど聖書はわれらには遠き世界ぞ契約と血と

たくわえし放射能にてどのような花は咲くらむわが見ぬ桜

満月の陸前高田思いきや黙示録にたとえられんとは

クレーンに吊るされし鐘　槌をもて打つ人は見ゆ白き息見ゆ

山並みにあまたも見ゆる送電塔のっしのっしと歩きはじめて

送電塔山よりおりて街中につどえば赤き隊長が待つ

柿の実の灯るがごとく見えたればあたたかきかな山のふところ

柿の実の赤く色づくふるさとに父親あれば帰り来るなり

山深き駅に女学生たむろせりケイタイにじっと見入るも同じ

父はなお生きて家長であるなれば兄との齟齬を吾は悲しむ

百までをながらえ子供をまきぞえにせぬ世であれな吾は思うも

父と子の絆はたとえば隣人愛　傘一本の貸し借りくらいの

ことさらに兄をとがめて思うとき高校時代となんら変わらず

妻の居ぬふるさとなればちゃんちゃんこのままにて朝の散歩をしたり

見はるかす故郷の町の山裾に白き噴煙二つあがれり

共通の趣味なく酒を飲むだけの会にはゆかぬと肝を病む友

池の辺の万両朝の陽はさして水面にかそか紅を映せり

父、その後

父老いて死ぬに死なれず最悪の事態と兄の声は告げたり

ふるさとに雪は降るとぞ死にそうで死ねない父を見舞いにゆかむ

不甲斐なきおのれを怒る父の声口より出でねど吾にはわかる

今さらに尿の検査をされしゆえ癌と言われぬ九十八の父

まだ俺は生きているのか　父の声　夜明けの夢に聞いた気がする

暗澹としたる思いに兄よりの経過報告のメールを見つむ

結核の腸に及ぶを知らずして生き得しと言いき或る日の父は

いま父のあたまの中でうごめいてなお鎮まらぬものを教えよ

いくたびの復活ならむスプーンを使い始めし父を見ている

食事を終え眠りに入りし父の顔かくまでにして生きねばならぬか

認知症の母が死にたいと言いしときそううまくはゆかぬと言いたる父よ

いよいよに衰えはててぼろきれのごとき父なりしかと見つめよ

生き残り今ある父の不思議さや結核と戦争と木曾山中の生

父の老い誰にもわからぬ域として真実ひとりの世界に入れり

死ねざりし苦も悲もいまはなきごとき父の目に映れ闌干《らんかん》たる星

それはそもまこと至難の技なれど老いて透きゆく身を恃むべし

脳細胞がんばっている父ならむ言えば頷きすぐに忘れる

車椅子タクシーに乗り撮られたる能面のような父の顔なり

父の顔何を見つめているのだろう真っ黒の服にて施設に入る日

この顔は自分を許していない顔　甘ったれの俺だからわかる

九十九近くとなりて万策尽き施設の人と父はなりたる

この家にもう父は居ず吾は見る使われざりしお丸と尿瓶

父居らぬ家に目覚めてもう誰も早起きをせず足音も聞こえず

父居らぬ家に探せり母の死ののちに知りたる手帳と日記を

夕闇に手を振りていし吾のこと手帳に書きぬ或る日の母は

母のメモ結婚の日から子の出産そして昭和の終わりに続く

ひったりと施設の壁に吸い付きぬ九十九歳の二足歩行は

はた目には老耄座すと映るらむ意識濁らぬ父にてあれど

骸骨のごとく痩せたる父をはさみ並びし写真が送られてきぬ

おもしろき顚末として最近の父は嘘つきという説のあるよし

ふくろう

のどかなる一日の夕べ手の甲に小首かしげるインコをのせて

花殻を袋に摘みてゆく人をしばらく眺めベンチにありぬ

廃屋となりしアパート二段なす郵便受けにあふれるチラシ

青空に高くそびゆるマンションの家並みの上の生活は見ゆ

父の名が「新アララギ」に無きことを確かめているこの月もまた

ぬくもりを木曾の檜に言いし人ひしと思うよ春はもうすぐ

父の死が吾にもたらす煩雑を思いていたり故郷の夜に

いとまありて施設の前まで訪れぬ母在りし日の如き思いに

大切にしなくて過ぎし付き合いを今さらながら思うことあり

思い出す　なんの楽しみもないからと別れ際に言い合いし言葉

宝くじ売り場に群れる雀たち折々パンのちぎれが飛んで

なにがなし切なきこころ施設にて繰り返さるる盗みと聞けば

山深く咲くこそよけれ舗装路の脇の辛夷の少なき花よ

久々に靖国神社に来て覗く都バスのような喫煙所の中

五十年吾に過ぎたり戦没馬慰霊碑の前犬も鳩も並ぶ

サボテンの大家となりし龍胆寺雄　迫る蒸気機関車

階段をおりる足音夜の更けの吾は般若のごとく怒れる

さわさわと湧くごとき声　ふるさとの谷をへだててひびきあうとき

読みすすむ折々にして何ならむ嫌悪の情の湧くを覚ゆる

ふくろうの置き物吾の宝物ふくろうの目は哲学をする

吾の夜をしばしばも来て覗くときふくろうの目は飛び出してくる

エゴノキの春はさびしも鈴振りて花揺るるころまた訪ね来む

橋行けば桜の花は足下に咲き満ちておりその奥の宴

朝晴れて妻はインコに口笛を教えつつあり水を替えると

マンションの片隅にして葉桜となりはじめたる木々の静けさ

第二回琅玕忌

眼下近く富士の火口を見おろせりかかる恵みを吾は得たりき

つくづくと吾は見ている第一回琅玕忌の田井安曇の顔

琅玕忌は石田比呂志の忌日にて吾は来たりぬ思い出を語ると

長酣居の白梅咲いて塀越しに見て過ぎるなり人住めるゆえ

白梅の香に活き活きと浮かぶなり石田比呂志の柴犬忠太

石田比呂志作詞の校歌は流れたり母校の小学生の歌声

人間の生きるかなしみを言いたりし最後の歌評を思うひととき

『閑人囈語』に悲しみ深く書かれいる田中佳宏わが受けし恩

集うひと年々少なくなるらむか琅玕忌の席に吾は思うも

石田比呂志死にて二年ぞ阿木津英と江津湖畔にて麒麟を見たり

江津湖へとそそぐ湧水ゆるやかな流れに黒き鯉をはぐくむ

枯れ果てし芭蕉の林を抜けてゆく江津湖にそそぐ湧水のなか

虚子の句碑ここにもありて讃えたり清き流れと芭蕉の林を

熊本に来たりて吾はまみえたり襖に書かれし石田比呂志の歌

喜楽なる料亭に石田比呂志の書の前に十人集いぬ彼を偲ぶと

このたびはまみえし人のいくたりを思い出とせむ石田比呂志忌

晩年の石田比呂志の幸せを吾は思えり熊本の夜に

琅玕忌終えて熊本空港に泥面子《どろめんこ》なるおもちゃを買いぬ

富士山の上空を飛び熊本に行きしが帰りは雲の上の富士山

阿木津英の琅玕忌始末このたびは如何にと吾は楽しみて待つ

あとがき

二〇〇九年から二〇一三年までに発表した作品のうち、「短歌研究」に連載した八回分二四〇首を中心に、その他の総合誌（「短歌」「歌壇」「短歌現代」）に発表した一六〇首を加えて約四〇〇首を収録した。作品の配列はほぼ年代順に並べ、三章に分けた。この間、「未来」や諸雑誌、新聞などに発表した作品については、また次の機会にまとめたいと思っている。

二〇一四年十月

大島史洋

検印
省略

平成二十七年三月一日　第一刷印刷発行
平成二十八年十月十日　第二刷印刷発行

歌集　ふくろう

定価　本体三〇〇〇円（税別）

著　者　大《おお》島《しま》史《し》洋《よう》

発行者　堀山和子
発行所　短歌研究社
郵便番号一一二－〇〇一三
東京都文京区音羽一－一七－一四　音羽YKビル
電話〇三（三九四四）四八二二・四八三三
振替〇〇一九〇－九－二四三七五番
印刷者　豊国印刷
製本者　牧製本

ISBN 978-4-86272-419-9 C0092 ¥3000E

短歌研究社　出版目録

＊価格は本体価格（税別）です。

歌集	雨の日の回顧展	加藤治郎著	A5判	一九二頁	三〇〇〇円	〒二〇〇円
歌集	丹頂の笛	糸目玲子著	四六判	二〇八頁	二三八一円	〒二〇〇円
歌集	なごり雪	清水エイ子著	A5判	一八四頁	二三八一円	〒二〇〇円
歌集	夏のゆうがけ	向井志保著	四六判	一七六頁	二六六七円	〒二〇〇円
歌集	時間の器	森下優子著	四六判	一九二頁	二五〇〇円	〒二〇〇円
歌集	湖螢	山田厚子著	四六判	二〇八頁	二五〇〇円	〒二〇〇円
歌集	えくぼ	松井多絵子著	四六判	一九六頁	一九〇五円	〒二〇〇円
歌集	星状六花	紺野万里著	A5判	二二四頁	二三八一円	〒二〇〇円
歌集	神の翼	嵯峨直樹著	四六判	一七六頁	一八〇〇円	〒二〇〇円
歌集	風にあずけて	三木佳子著	四六判	二〇〇頁	二五〇〇円	〒二〇〇円
歌集	くびすじの欠片	野口あや子著	四六変型	一四〇頁	一七〇〇円	〒二〇〇円
歌集	春の扉	河野泰子著	四六判	二四八頁	二五〇〇円	〒二〇〇円
歌集	琉装の雛	銘苅真弓著	A5判	一九六頁	二三八一円	〒二〇〇円
歌集	紫の花穂	宮城鶴子著	四六判	二〇八頁	二三八一円	〒二〇〇円
歌集	海ひかる	谷口ひろみ著	四六判	一八四頁	二五〇〇円	〒二〇〇円
歌集	ミドリツキノワ	やすたけまり著	四六判	一四四頁	一七〇〇円	〒二〇〇円
歌集	厚着の王さま	松井多絵子著	四六判	一九二頁	一七〇〇円	〒二〇〇円
歌集	櫂をください	藤田冴著	四六判	二四〇頁	二三八一円	〒二〇〇円
歌集	夏にふれる	野口あや子著	四六変型	三四八頁	二七〇〇円	〒二〇〇円
歌集	風の毬	工藤光子著	四六判	一九二頁	二五〇〇円	〒二〇〇円
歌集	帽子	花木洋子著	四六判	二六四頁	二五〇〇円	〒二〇〇円
歌集	黄の簪	椎名晴子著	四六判	一九二頁	二五〇〇円	〒二〇〇円